NOUVEAU THEATRE ITALIEN

L'ISLE
DES ESCLAVES:
COMEDIE,

présentée pour la premiere fois par les Comédiens Italiens du Roi, le Lundi 5. Mars 1725.

A PARIS;

Chez BRIASSON, ruë S. Jacques, à la Scienee.

LISTE

Des Pieces de M. DE MARIVAUX,

Pour le Théatre Italien.

Arlequin poli par l'Amour,	Com.
La Surprise de l'Amour,	Com.
La Double Inconstance,	Com.
Le Prince travesti,	Com.
La Fausse Suivante,	Com.
L'Isle des Esclaves,	Com.
L'Héritier de Village,	Com.
Le Jeu de l'Amour & du Hasard,	Com.

On trouvera toutes ces Pieces chez le Libraire qui débite cette Comédie, chez qui l'on trouve aussi le Nouveau Théatre Italien, 9. Vol. *in*-12. & les Parodies, 4. Vol. avec les airs graves, & plusieurs autres Théatres.

ACTEURS.

IPHICRATE.

ARLEQUIN.

EUPHROSINE.

CLEANTHIS.

TRIVELIN.

DES HABITANS DE L'ISLE.

La Scene est dans l'Isle des Esclaves.

L'ISLE
DES ESCLAVES.
COMEDIE.

Le Théatre repréfente une Mer & des Rochers d'un côté, & de l'autre quelques Arbres & des Maifons

SCENE PREMIERE.

IPHICRATE s'avance triftement fur le Théatre avec ARLEQUIN.

IPHICRATE *après avoir foûpiré.*

Rlequin !

ARLEQUIN *avec une bouteille d'eau-de-vie qu'il a à fa ceinture.*

Mon Patron.

IPHICRATE.

Que deviendrons-nous dans cette Isle?

ARLEQUIN.

Nous deviendrons maigres, étiques, & puis morts de faim : voilà mon sentiment & notre histoire.

IPHICRATE.

Nous sommes seuls échappés du naufrage ; tous nos Camarades ont péri, & j'envie maintenant leur sort.

ARLEQUIN.

Hélas ! ils sont noyés dans la mer, & nous avons la même commodité.

IPHICRATE,

Dis-moi : Quand notre Vaisseau s'est brisé contre le Rocher, quelques-uns des nôtres ont eu le tems de se jetter dans la Chaloupe : il est vrai que les vagues l'ont enveloppée ; je ne sais ce qu'elle est devenuë : mais peut-être auront-ils eu le bonheur d'aborder en quelqu'endroit de l'Isle, & je suis d'avis que nous les cherchions.

ARLEQUIN.

Cherchons, il n'y a pas de mal à cela ; mais reposons nous auparavant pour boire un petit coup d'eau-de-vie ; j'ai sauvé ma pauvre bouteille ; la voilà : j'en boirai les deux tiers, comme de raifon, & puis je vous donnerai le refte.

IPHICRATE.

Eh! né perdons point de tems : fuis-
moi : ne négligeons rien pour nous tirer
d'ici ; fi je ne me fauve, je fuis perdu, je
ne reverrai jamais Athènes, car nous
fommes dans l'Ifle des Efclaves.

ARLEQUIN.

Oh! oh! qu'eft-ce que c'eft que cette
race-là ?

IPHICRATE.

Ce font des Efclaves de la Grece ré-
voltés contre leurs Maîtres, & qui depuis cent ans font venus s'établir dans
une Ifle, & je crois que c'eft ici : tiens,
voici fans doute quelques-unes de leurs
Cafes ; & leur coûtume, mon cher
Arlequin, eft de tuer tous les Maîtres
qu'ils rencontrent, ou de les jetter dans
l'efclavage.

ARLEQUIN.

Eh!chaque Païs a fa coûtume: ils tuent
les Maîtres, à la bonne-heure ; je l'ai
entendu dire auffi: mais on dit qu'ils ne
font rien aux Efclaves comme moi.

IPHICRATE.

Cela eft vrai.

ARLEQUIN.

Eh! encore vit-on.

A iiij

IPHICRATE.

Mais je suis en danger de perdre la liberté, & peut-être la vie : Arlequin, cela ne suffit-il pas pour me plaindre?

ARLEQUIN *prenant sa bouteille pour boire.*

Ah ! je vous plains de tout mon cœur, cela est juste.

IPHICRATE.

Suis-moi donc.

ARLEQUIN *siffle.*

Hu, hu, hu.

IPHICRATE.

Comment donc, que veux-tu dire?

ARLEQUIN *distrait, chante.*

Tala ta lara.

IPHICRATE.

Parle donc, as-tu perdu l'esprit, à quoi penses-tu ?

ARLEQUIN *riant.*

Ah, ah, ah, Monsieur Iphicrate, la drôle d'aventure; je vous plains, par ma foi, mais je ne saurois m'empêcher d'en rire.

IPHICRATE *à part les premiers mots.*

(Le coquin abuse de ma situation, j'ai mal fait de lui dire où nous sommes.) Arlequin, ta gaieté ne vient pas à propos, marchons de ce côté.

ARLEQUIN.

J'ai les jambes si engourdies, ...

IPHICRATE.

'Avançons, je t'en prie.

ARLEQUIN.

Je t'en prie, je t'en prie : comme vous êtes civil & poli ; c'est l'air du Païs qui fait cela.

IPHICRATE.

Allons, hâtons-nous, faisons seulement une demi-lieue sur la côte pour chercher notre Chaloupe, que nous trouverons peut-être avec une partie de nos gens ; & en ce cas-là nous nous rembarquerons avec eux.

ARLEQUIN *en badinant.*

Badin, comme vous tournez cela.

(*Il chante.*)

L'embarquement est divin,
Quand on vogue, vogue, vogue ;
L'embarquement est divin,
Quand on vogue avec Catin.

IPHICRATE *retenant sa colere.*

Mais je ne te comprens point, mon cher Arlequin.

ARLEQUIN.

Mon cher Patron, vos complimens me charment ; vous avez coûtume de m'en faire à coups de gourdin qui ne valent pas ceux-là, & le gourdin est dans la Chaloupe.

IPHICRATE.

Eh ! ne sais-tu pas que je t'aime ?

ARLEQUIN.

Oui; mais les marques de votre amitié
tombent toûjours sur mes épaules, &
cela est mal placé. Ainsi, tenez, pour
ce qui est de nos gens, que le Ciel les
bénisse ; s'ils sont morts, en voilà pour
long-tems ; s'ils sont en vie, cela se passera, & je m'en goberge.

IPHICRATE *un peu émû.*

Mais j'ai besoin d'eux, moi.

ARLEQUIN *indifféremment.*

Oh, cela se peut bien, chacun a ses
affaires : que je ne vous dérange pas.

IPHICRATE.

Esclave insolent !

ARLEQUIN *riant.*

Ah, ah, vous parlez la langue d'A-
thènes ; mauvais jargon que je n'entens
plus.

IPHICRATE.

Méconnois-tu ton Maître, & n'es-tu
plus mon Esclave ?

ARLEQUIN *se reculant d'un air
sérieux.*

Je l'ai été, je le confesse à ta honte ;
mais, va, je te le pardonne, les hommes
ne valent rien. Dans le Païs d'Athènes

j'étois ton Efclave, tu me traitois comme un pauvre animal, & tu difois que cela étoit jufte, parce que tu étois le plus fort : Eh bien, Iphicrate, tu vas trouver ici plus fort que toi, on va te faire Efclave à ton tour ; on te dira auffi que cela eft jufte, & nous verrons ce que tu penferas de cette juftice là : tu m'en diras ton fentiment, je t'attens-là. Quand tu auras fouffert, tu feras plus raifonnable, tu fauras mieux ce qu'il eft permis de faire fouffrir aux autres. Tout en iroit mieux dans le monde, fi ceux qui te reffemblent recevoient la même leçon que toi. Adieu, mon ami : je vais trouver mes Camarades & tes Maîtres.

(*Il s'éloigne.*)

IPHICRATE *au défefpoir, courant après lui l'épée à la main.*

Jufte Ciel ! Peut on être plus malheureux & plus outragé que e le fuis ! Miférable, tu ne mérites pas de vivre.

ARLEQUIN.

Doucement, tes forces font bien diminuées, car je ne t'obéis plus, prens-y garde.

SCENE II.

Trivelin avec cinq ou six Insulaires arrive conduisant une Dame & la Suivante, & ils accourent à Iphicrate qu'ils voient l'épée à la main.

TRIVELIN *faisant saisir & désarmer Iphicrate par ses gens.*

ARrêtez, que voulez-vous faire ?
IPHICRATE.
Punir l'insolence de mon Esclave.
TRIVELIN.
Votre Esclave ! Vous vous trompez, & l'on vous apprendra à corriger vos termes.
(*Il prend l'épée d'Iphicrate & la donne à Arlequin.*)
Prenez cette épée, mon camarade, elle est à vous.
ARLEQUIN.
Que le Ciel vous tienne gaillard, brave camarade que vous êtes.
TRIVELIN.
Comment vous appellez-vous ?
ARLEQUIN.
Est-ce mon nom que vous demandez?

TRIVELIN.

Oui vraiment.

ARLEQUIN.

Je n'en ai point, mon camarade.

TRIVELIN.

Quoi donc, vous n'en avez pas ?

ARLEQUIN.

Non, mon camarade : je n'ai que des sobriquets qu'il m'a donnés : il m'apelle quelquefois Arlequin, quelquefois Hé.

TRIVELIN.

Hé : le terme est sans façon ; je reconnois ces Messieurs à de pareilles licences; & lui comment s'appelle-t'il ?

ARLEQUIN.

Oh diantre, il s'appelle par un nom lui ; c'est le Seigneur Iphicrate.

TRIVELIN.

Eh bien, changez de nom à présent ; soyez le Seigneur Iphicrate à votre tour, & vous, Iphicrate, appellez-vous Arlequin, ou bien Hé.

ARLEQUIN, *sautant de joie, à son Maître.*

Oh, oh, que nous allons rire! Seigneur Hé.

TRIVELIN à *Arlequin.*

Souvenez-vous en prenant son nom, mon cher ami, qu'on vous le donne bien moins pour réjoüir votre vanité, que pour le corriger de son orgueil.

ARLEQUIN.

Oui, oui, corrigeons, corrigeons.

IPHICRATE *regardant Arlequin.*

Maraut?

ARLEQUIN.

Parlez donc, mon bon ami, voilà encore une licence qui lui prend : cela est-il du jeu?

TRIVELIN *à Arlequin.*

Dans ce moment ci il peut vous dire tout ce qu'il voudra. (*à Iphicrate*) Arlequin, votre aventure vous afflige, & vous êtes outré contre Iphicrate & contre nous. Ne vous gênez point, soulagez-vous par l'emportement le plus vif: traitez le de misérable & nous aussi, tout vous est permis à présent : mais ce moment-ci passé, n'oubliez pas que vous êtes Arlequin, que voici Iphicrate, & que vous êtes auprès de lui ce qu'il étoit auprès de vous : ce sont là nos Lois; & ma Charge dans la République est de les faire observer en ce Canton-ci.

ARLEQUIN.

Ah, la belle Charge!

IPHICRATE.

Moi, l'Esclave de ce Misérable!

TRIVELIN.

Il a bien été le vôtre.

ARLEQUIN.

Hélas ! il n'a qu'à être bien obéïssant, j'aurai mille bontés pour lui.

IPHICRATE.

Vous me donnez la liberté de lui dire ce qu'il me plaira ; ce n'est pas assez, qu'on m'accorde encore un bâton.

ARLEQUIN.

Camarade, il demande à parler à mon dos ; je le mets sous la protection de la République, au moins.

TRIVELIN.

Ne craignez rien.

CLEANTHIS *à Trivelin.*

Monsieur, je suis Esclave aussi, moi, & du même Vaisseau, ne m'oubliez pas, s'il vous plaît.

TRIVELIN.

Non, ma belle enfant, j'ai bien connu votre condition à votre habit, & j'allois vous parler de ce qui vous regarde, quand je l'ai vû l'épée à la main. Laissez-moi achever ce que j'avois à dire. Arlequin.

ARLEQUIN *croyant qu'on l'appelle.*

Eh . . . . à propos je m'appelle Iphicrate.

TRIVELIN *continuant.*

Tâchez de vous calmer, vous favez qui nous fommes, fans doute ?

ARLEQUIN.

Oh morbleu ! d'aimables gens :

CLEANTHIS.

Et raifonnables.

TRIVELIN.

Ne m'interrompez point, mes enfans. Je penfe donc que vous favez qui nous fommes. Quand nos Peres irrités de la cruauté de leurs Maîtres quitterent la Grece & vinrent s'établir ici ; dans le reffentiment des outrages qu'ils avoient reçûs de leurs Patrons, la premiere Loi qu'ils y firent, fut d'ôter la vie à tous les Maîtres que le hafard ou le naufrage conduiroit dans leur Ifle, & conféquemment de rendre la liberté à tous les Efclaves : la vengeance avoit dicté cette Loi : vingt ans après la raifon l'abolit,& en dicta une plus douce. Nous ne nous vengeons plus de vous, nous vous corrigeons ; ce n'eft plus votre vie que nous pourfuivons. c'eft la barbarie de vos cœurs que nous voulons détruire ; nous vous jettons dans l'efclavage pour vous rendre fenfibles aux maux qu'on y éprouve ; nous vous humilions, afin que nous trouvant

trouvant superbes, vous vous reprochiez de l'avoir été. Votre esclavage, ou plutôt votre cours d'humanité dure trois ans, au bout desquels on vous renvoie, si vos Maîtres sont contens de vos progrès; & si vous ne devenez pas meilleurs, nous vous retenons par charité pour les nouveaux malheureux que vous iriez faire encore ailleurs; & par bonté pour vous nous vous marions avec une de nos Citoyennes. Ce sont là nos Loix à cet égard, mettez à profit leur rigueur salutaire, remerciez le sort qui vous conduit ici : il vous remet en nos mains, durs, injustes & superbes. Vous voilà en mauvais état, nous entreprenons de vous guérir; vous êtes moins nos Esclaves que nos malades, & nous ne prenons que trois ans pour vous rendre sains ; c'est-à-dire, humains, raisonnables, & généreux pour toute votre vie.

ARLEQUIN.

Et le tout *gratis*, sans purgation ni saignée. Peut-on de la santé à meilleur compte ?

TRIVELIN.

Au reste, ne cherchez point à vous sauver de ces lieux, vous le tenteriez sans succès, & vous feriez votre fortune

Isle des Esclaves. B

plus mauvaiſe : commencez votre nouveau régime de vie par la patience.

ARLEQUIN.

Dès que c'eſt pour ſon bien, qu'y a-t'il à dire ?

TRIVELIN *aux Eſclaves.*

Quant à vous, mes Enfans, qui devenez libres & Citoyens, Iphicrate habitera cette Caſe avec le nouvel Arlequin, & cette belle Fille demeurera dans l'autre : vous aurez ſoin de changer d'habit enſemble ; c'eſt l'ordre. (*à Arlequin*) Paſſez maintenant dans une maiſon qui eſt à côté, où l'on vous donnera à manger, ſi vous en avez beſoin. Je vous apprens au reſte, que vous avez huit jours à vous ré joüir du changement de votre état ; après quoi l'on vous donnera, comme à tout le monde, une occupation convenable. Allez, je vous attens ici. (*aux Inſulaires*) Qu'on les conduiſe. (*aux Femmes*) Et vous autres, reſtez.

Arlequin en s'en allant fait de grandes révérences à Cléanthis.

SCENE III.

TRIVELIN, CLEANTHIS *Esclave*, EUPHROSINE *sa Maîtresse.*

TRIVELIN.

AH çà, ma Compatriote ; car je regarde déformais notre Isle comme votre Patrie ; dites-moi aussi votre nom.

CLEANTHIS *saluant.*

Je m'appelle Cléanthis, & elle Euphrosine.

TRIVELIN.

Cléanthis ; passe pour cela.

CLEANTHIS.

J'ai aussi des surnoms ; vous plaît-il de les savoir ?

TRIVELIN.

Oui-dà. Et quels font ils ?

CLEANTHIS.

J'en ai une liste : Sotte, Ridicule, Bête, Butorde, Imbécille, & cætera.

EUPHROSINE *en soûpirant.*

Impertinente que vous êtes !

B ij

CLÉANTHIS.

Tenez, tenez, en voilà encore un que
j'oubliois.

TRIVELIN.

Effectivement, elle vous prend sur le
fait. Dans votre Païs, Euphrosine, on a
bien-tôt dit des injures à ceux à qui l'on
en peut dire impunément.

EUPHROSINE.

Hélas ! que voulez-vous que je lui
réponde, dans l'étrange aventure où je
me trouve ?

CLÉANTHIS.

Oh Dame, il n'est plus si aisé de me
répondre. Autrefois il n'y avoit rien de si
commode ; on n'avoit affaire qu'à de pauvres gens : falloit-il tant de cérémonies?
(faites cela, je le veux ; taisez-vous, Sotte,) voilà qui étoit fini. Mais à présent il
faut parler raison: c'est un langage étran-
ger pour Madame, elle l'apprendra avec
le tems ; il faut se donner patience : je
ferai de mon mieux pour l'avancer.

TRIVELIN à *Cléanthis*.

Modérez-vous, Euphrosine. (*à Euphrosine.*) Et vous, Cléanthis, ne vous aban-
donnez point à votre douleur. Je ne puis
changer nos Loix, ni vous en affranchir:
je vous ai montré combien elles étoient
joüables & salutaires pour vous.

CLEANTHIS.

Hum. Elle me trompera bien si elle amende.

TRIVELIN.

Mais comme vous êtes d'un sexe naturellement assez foible, & que par là vous avez dû céder plus facilement qu'un homme aux exemples de hauteur, de mépris & de dureté qu'on vous a donnés chez vous contre leurs pareils ; tout ce que je puis faire pour vous, c'est de prier Euphrosine de peser avec bonté les torts que vous avez avec elle, afin de les peser avec justice.

CLEANTHIS.

Oh tenez, tout cela est trop savant pour moi, je n'y comprens rien ; j'irai le grand chemin, je peserai comme elle pesoit ; ce qui viendra, nous le prendrons

TRIVELIN.

Doucement, point de vengeance.

CLEANTHIS.

Mais, notre bon ami, au bout du compte, vous parlez de son sexe ; elle a le défaut d'être foible, je lui en offre autant ; je n'ai pas la vertu d'être forte. S'il faut que j'excuse toutes ses mauvaises manieres à mon égard, il faudra donc

qu'elle excuse auffi la rancune que j'en ai
contre elle ; car je fuis femme autant
qu'elle, moi : voyons qui eft-ce qui déci-
dera? Ne fuis-je pas la Maîtreffe, une fois?
Eh bien, qu'elle commence toûjours par
excufer ma rancune ; & puis, moi, je lui
pardonnerai quand je pourrai ce qu'elle
m'a fait : qu'elle attende.

EUPHROSINE à *Trivelin.*

Quels difcours ! Faut-il que vous
m'expofiez à les entendre ?

CLEANTHIS.

Souffrez-les, Madame ; c'eft le fruit
de vos œuvres.

TRIVELIN.

Allons, Euphrofine, modérez-vous.

CLEANTHIS.

Que voulez-vous que je vous dife:
quand on a de la colere, il n'y a rien de
tel pour la paffer, que de la contenter
un peu, voyez-vous ; quand je l'aurai
querellée à mon aife une douzaine de
fois feulement, elle en fera quitte : mais
il me faut cela.

TRIVELIN *à part à Euphrofine.*

Il faut que ceci ait fon cours : mais
confolez-vous, cela finira plutôt que vous
ne penfez. (*à Cléanthis*) J'efpere, Euphrofine, que vous perdrez votre reffen-

timent, & je vous y exhorte en ami. Venons maintenant à l'examen de son caractere : il est nécessaire que vous m'en donniez un portrait qui se doit faire devant la personne qu'on peint, afin qu'elle se connoisse, qu'elle rougisse de ses ridicules, si elle en a, & qu'elle se corrige. Nous avons-là de bonnes intentions comme vous voyez. Allons commençons.

CLEANTHIS.

Oh que cela est bien inventé ! Allons, me voila prête ; interrogez-moi, je suis dans mon fort.

EUPHROSINE *doucement*.

Je vous prie, Monsieur, que je me retire, & que je n'entende point ce qu'elle va dire.

TRIVELIN.

Hélas ! ma chere Dame, cela n'est fait que pour vous ; il faut que vous soyez présente.

CLEANTHIS.

Restez, restez, un peu de honte est bientôt passé.

TRIVELIN.

Vaine, minaudiere & coquette, voilà d'abord à peu près sur quoi je vais vous interroger au hasard. Cela la regarde-t'il ?

CLEANTHIS.

Vaine, minaudiere & coquette, si cela
la regarde? Eh voilà ma chere Maîtreſſe!
cela lui reſſemble comme ſon viſage.

EUPHROSINE.

N'en voilà-t'il pas aſſez, Monſieur?

TRIVELIN.

Ah, je vous félicite du petit embarras
que cela vous donne ; vous ſentez, c'eſt
bon ſigne, & j'en augure bien pour l'a-
venir : mais ce ne ſont encore-là que les
grands traits ; détaillons un peu cela. En
quoi donc, par exemple, lui trouvez-
vous les défauts dont nous parlons ?

CLEANTHIS.

En quoi! par tout, à toute heure, en
tous lieux; je vous ai dit de m'interroger;
mais par où commencer, je n'en ſais
rien, je m'y perds : il y a tant de choſes,
j'en ai tant vû, tant remarqué de toutes
les eſpeces, que cela me brouille. Madame ſe tait, Madame parle : elle regarde,
elle eſt triſte, elle eſt gaie : ſilence, diſ-
cours, regards, triſteſſe, & joie: c'eſt tout
un, il n'y a que la couleur de différente:
c'eſt vanité muette, contente ou fâchée:
c'eſt coquetterie babillarde, jalouſe ou
curieuſe : c'eſt Madame, toûjours vaine
ou coquette l'un après l'autre, ou tous
les

les deux à la fois : voilà ce que c'est,
voilà par où je débute, rien que cela.

EUPHROSINE.

Je n'y saurois tenir.

TRIVELIN.

Attendez donc, ce n'est qu'un début.

CLEANTHIS.

Madame se leve, a-t-elle bien dormi,
le sommeil l'a-t-il rendu belle, se sent-elle
du vif, du sémillant dans les yeux ? vîte
sur les armes, la journée sera glorieuse :
qu'on m'habille ; Madame verra du
monde aujourd'hui ; elle ira aux specta-
cles, aux promenades, aux assemblées ;
son visage peut se manifester, peut soû-
tenir le grand jour, il fera plaisir à voir,
il n'y a qu'à le promener hardiment, il
est en état, il n'y a rien à craindre.

TRIVELIN à *Euphrosine*.

Elle développe assez bien cela.

CLEANTHIS.

Madame, au contraire, a-t-elle mal re-
posé : Ah ! qu'on m'apporte un miroir ;
comme me voilà faite ! que je suis mal-
bâtie ! Cependant on se mire, on éprouve
son visage de toutes les façons, rien ne
réussit ; des yeux battus, un tein fatigué,
voilà qui est fini, il faut envelopper ce
visage-là, nous n'aurons que du négligé,

Isle des Esclaves.   C

Ma dame ne verra perſonne aujourd'hui,
pas même le jour, ſi elle peut ; du moins
fera-t-il ſombre dans la chambre. Cependant il vient compagnie, on entre : que
va-t-on penſer du viſage de Madame? on
croira qu'elle enlaidit : donnera-t-elle ce
plaiſir-là à ſes bonnes amies? Non, il y a
remede à tout : vous allez voir. Comment
vous portez-vous, Madame? Très-mal,
Madame : J'ai perdu le ſommeil ; il y a
huit jours que je n'ai fermé l'œil ; je n'o-
ſe pas me montrer, je fais peur. Et cela
veut dire, Meſſieurs, figurez-vous que
ce n'eſt point moi, au moins ; ne me regardez pas ; remettez à me voir ; ne me
jugez pas aujourd'hui ; attendez que j'aie
dormi. J'entendois tout cela, moi ; car
nous autres Eſclaves, nous ſommes
doués contre nos Maîtres d'une péné-
tration... Oh! ce ſont de pauvres gens
pour nous.

TRIVELIN à *Euphroſine.*

Courage, Madame, profitez de cette
peinture-là, car elle me paroît fidelle.

EUPHROSINE.

Je ne ſai où j'en ſuis.

CLEANTHIS.

Vous en êtes aux deux tiers, & j'a-
cheverai, pourvu que cela ne vous en-
nuie pas.

TRIVELIN.

Achevez, achevez ; Madame sou-
tiendra bien le reste.

CLEANTHIS.

Vous souvenez-vous d'un soir où vous
étiez avec ce Cavalier si bien fait : j'étois
dans la chambre : Vous vous entreteniez
bas ; mais j'ai l'oreille fine : vous vou-
liez lui plaire sans faire semblant de
rien ; vous parliez d'une femme qu'il
voïoit souvent. Cette femme-là est aimable, disiez-vous ; elle a les yeux petits, mais très-doux : & là-dessus vous
ouvriez les vôtres ; vous vous donn'ez
des tons, des gestes de tête, de petites
contorsions, des vivacités. Je riois.
Vous réussites pourtant, le Cavalier
s'y prit ; il vous offrit son cœur. A moi,
lui dites-vous : Oui, Madame, à vous-
même, à tout ce qu'il y a de plus aimable au monde. Continuez, folâtre,
continuez, dites - vous, en ôtant vos
gants, sous prétexte de m'en demander d'autres : mais vous avez la main
belle, il la vit, il la prit, il la baisa,
cela anima sa déclaration ; & c'étoit-là
les gants que vous demandiez. Eh bien,
y suis-je ?

C ij

TRIVELIN *à Eu.*

En verité, elle a raison.

CLEANTHIS.

Ecoutez, écoutez, voici le plus plaisant. Un jour qu'elle pouvoit m'entendre, & qu'elle croyoit que je ne m'en doutois pas, je parlois d'elle, & je dis; Oh pour cela, il faut l'avoüer, Madame est une des plus belles femmes du monde. Que de bontés pendant huit jours, ce petit mot là ne me valut-il pas? J'essayai en pareille occasion de dire que Madame étoit une femme très-raisonnable: oh je n'eus rien, cela ne prit point; & c'étoit bien fait, car je la flattois.

EUPHROSINE.

Monsieur, je ne resterai point, où l'on me fera rester par force; je ne puis en souffrir davantage.

TRIVELIN.

En voilà donc assez pour à présent.

CLEANTHIS.

J'allois parler des vapeurs de mignardise auxquelles Madame est sujette à la moindre odeur. Elle ne sait pas qu'un jour je mis à son insu des fleurs dans la ruelle de son lit pour voir ce qu'il en seroit. J'attendois une vapeur, elle est en-

core à venir. Le lendemain en compagnie une rofe parut, crac, la vapeur arrive.

TRIVELIN.

Cela fuffit, Euphrofine, promenez-
vous un moment à quelques pas de
nous, parce que j'ai quelque chofe à
lui dire ; elle ira vous rejoindre enfuite.

CLEANTHIS *s'en allant.*

Recommandez lui d'être docile, au
moins. Adieu, notre bon Ami, je vous
ai diverti, j'en fuis bien aife ; une autre
fois je vous dirai comme quoi Madame
s'abftient fouvent de mettre de beaux
habits, pour en mettre un négligé qui
lui marque tendrement la taille. Ç'eft
encore une fineffe que cet habit-là ; on
diroit qu'une femme qui le met ne fe
foucie pas de paroître : mais à d'autres ;
on s'y ramaffe dans un corfet appétif-
fant, on y montre fa bonne façon na-
turelle ; on y dit aux gens : Regardez
mes graces, elles font à moi celles-là ;
& d'un autre côté on veut leur dire
auffi, Voyez comme je m'habille, quelle fimplicité, il n'y a point de coquetterie dans mon fait.

TRIVELIN.

Mais je vous ai prié de nous laiffer.

C iij

CLEANTHIS.

Je fors , & tantôt nous reprendrons
le difcours qui fera fort divertiffant;
car vous verrez auffi comme quoi Madame entre dans une Loge au Specta-
cle , avec quelle emphafe , avec quel
air impofant , quoique d'un air diftrait
& fans y penfer; car c'eft la belle éducation qui donne cet orgueil - là. Vous
verrez comme dans la Loge on y jette
un regard indifférent & dédaigneux fur
des femmes qui font à côté, & qu'on
ne connoît pas. Bon jour, notre bon
Ami , je vais à notre Auberge.

SCENE IV.

TRIVELIN, EUPHROSINE.

TRIVELIN.

CEtte Scene-ci vous a un peu fatiguée, mais cela ne vous nuira pas.

EUPHROSINE.

Vous êtes des Barbares.

TRIVELIN.

Nous sommes d'honnêtes gens qui vous instruisons ; voilà tout : il vous reste encore à satisfaire à une petite formalité.

EUPHROSINE.

Encore des formalités !

TRIVELIN.

Celle-ci est moins que rien ; je dois faire rapport de tout ce que je viens d'entendre, & de tout ce que vous m'allez répondre. Convenez-vous de tous les sentimens coquets, de toutes les singeries d'amour-propre qu'elle vient de vous attribuer ? C iiij

EUPHROSINE.

Moi, j'en conviendrois! Quoi, de pareilles fauſſetés ſont-elles croyables?

TRIVELIN.

Oh! très-croyables, prenez-y garde. Si vous en convenez, cela contribuera à rendre votre condition meilleure: je ne vous en dis pas davantage... On eſpérera que vous étant reconnue, vous abjurerez un jour toutes ces folies qui font qu'on n'aime que ſoi, & qui ont diſtrait votre bon cœur d'une infinité d'attentions plus loüables. Si au contraire vous ne convenez pas de ce quelle a dit, on vous regardera comme incorrigible, & cela reculera votre délivrance. Voyez, conſultez-vous.

EUPHROSINE.

Ma délivrance! Eh puis-je l'eſpérer!

TRIVELIN.

Oui, je vous la garantis aux conditions que je vous dis.

EUPHROSINE.

Bientôt?

TRIVELIN.

Sans doute.

EUPHROSINE.

Monſieur faites donc comme ſi j'étois convenue de tout.

TRIVELIN.

Quoi, vous me conseillez de mentir!

EUPHROSINE.

En verité, voilà d'étranges conditions, cela révolte !

TRIVELIN.

Elles humilient un peu, mais cela est fort bon. Déterminez-vous, une liberté très prochaine est le prix de la vérité. Allons, ne ressemblez vous pas au portrait qu'on a fait !

EUPHROSINE.

Mais. . . . .

TRIVELIN.

Quoi ?

EUPHROSINE.

Il y a du vrai, par-ci, par-là.

TRIVELIN.

Par-ci, par-là, n'est point notre compte : Avoüez-vous tous les faits ? en a-t-elle trop dit ? n'a-t-elle dit que ce qu'il faut? Hâtez-vous, j'ai autre chose à faire.

EUPHROSINE.

Vous faut-il une réponse si exacte ?

TRIVELIN.

Eh oui, Madame, & le tout pour votre bien.

EUPHROSINE.

Eh bien. . . . .

TRIVELIN.

Après ?

EUPHROSINE.

Je suis jeune.

TRIVELIN.

Je ne vous demande pas votre âge.

EUPHROSINE.

On est d'un certain rang, on aime à plaire.

TRIVELIN.

Et c'est ce qui fait que le portrait vous ressemble.

EUPHROSINE.

Je crois qu'oui.

TRIVELIN.

Eh voilà ce qu'il nous falloit. Vous trouvez aussi le portrait un peu risible, n'est-ce pas ?

EUPHROSINE.

Il faut bien l'avoüer.

TRIVELIN.

A merveille : Je suis content, ma chere Dame, Allez rejoindre Cléanthis; je lui rens déjà son véritable nom, pour vous donner encore des gages de ma parole Ne vous impatientez point, montrez un peu de docilité, & le moment esperé arrivera.

EUPHROSINE.

Je m'en fie à vous.

SCENE V.

ARLEQUIN, IPHICRATE,

qui ont changé d'habits,

TRIVELIN.

ARLEQUIN.

Tirlan, tirlan, tirlantaine, tirlanton,
Gai, Camarade, le vin de la République
est merveilleux, j'en ai bu bravement ma
pinte ; car je suis si altéré depuis que je
suis Maître, que tantôt j'aurai encore soif
pour pinte. Que le Ciel conserve la Vi-
gne, le Vigneron, la Vendange & les
Caves de notre admirable République.

TRIVELIN.

Bon, réjouissez-vous, mon Camarade. Estes-vous content d'Arlequin.

ARLEQUIN.

Oui, c'est un bon enfant, j'en ferai
quelque chose. Il soupire par foi, & je
lui ai défendu cela sous peine de déso-
béissance ; & lui ordonne de la joie.

(Il prend son Maitre par la main & danse)
Tala rara la la. . . .

TRIVELIN.

Vous me réjoüiffez moi-même.

ARLEQUIN.

Oh, quand je fuis gai, je fuis de bonne humeur.

TRIVELIN.

Fort bien. Je fuis charmé de vous voir fatisfait d'Arlequin. Vous n'aviez pas beaucoup à vous plaindre de lui dans fon Pays, apparemment?

ARLEQUIN

Hé, là-bas? Je lui voulois fouvent un mal de Diable, car il étoit quelquefois infupportable: mais à cette heure que je fuis heureux, tout eft payé, je lui ai donné quittance.

TRIVELIN.

Je vous aime de ce caractere, & vous me touchez. C'eft à-dire que vous joüirez modeftement de votre bonne fortune, & que vous ne lui ferez point de peine?

ARLEQUIN.

De la peine! ah le pauvre homme! Peut être que je ferai un petit brin infolent, à caufe que je fuis le Maître: voilà tout.

TRIVELIN.

A caufe que je fuis le Maître, vous avez raifon.

ARLEQUIN.

Oui, car quand on est le maître, on y va tout rondement sans façon, & si peu de façon mene quelquefois un honnête homme à des impertinences.

TRIVELIN.

Oh, n'importe, je vois bien que vous n'êtes point méchant.

ARLEQUIN.

Hélas! je ne suis que mutin.

TRIVELIN à *Iphicrate*.

Ne vous épouvantez point de ce que je vais dire. (*A Arlequin*) Instruisez-moi d'une chose. Comment se gouvernoit-il là-bas? avoit-il quelque défaut d'humeur, de caractere?

ARLEQUIN *riant*.

Ah! mon Camarade, vous avez de la malice, vous demandez la Comédie.

TRIVELIN.

Ce caractére-là est donc bien plaisant?

ARLEQUIN.

Ma foi, c'est une farce.

TRIVELIN.

N'importe, nous en rirons.

ARLEQUIN. à *Iphicrate*.

Arlequin, me promets-tu d'en rire aussi?

IPHICRATE *bas*.

Veux-tu achever de me désespérer, que vas-tu lui dire?

ARLEQUIN.

Laiſſe-moi faire; quand je t'aurai of-
fenſé, je te demanderai pardon après.

TRIVELIN.

Il ne s'agit que d'une bagatelle; j'en ai
demandé autant à la jeune fille que vous
avez vûe, ſur le chapitre de ſa Maîtreſſe.

ARLEQUIN.

Eh bien, tout ce qu'elle vous a dit,
c'étoit des folies qui faiſoient pitié, des
miſeres; gageons.

TRIVELIN.

Cela eſt encore vrai.

ARLEQUIN.

Eh bien, je vous en offre autant, ce
pauvre jeune garçon n'en fournira pas davantage; extravagance & miſére, voilà ſon
paquet; n'eſt-ce pas là de belles guenilles
pour les étaler? étourdi par nature,
étourdi par ſingerie, parce que les femmes les aiment comme cela; un diſſipe
tout: vilain quand il faut être libéral,
libéral quand il faut être vilain: bon em-
prunteur, mauvais payeur: honteux d'ê-
tre ſage, glorieux d'être fou: un petit brin
moqueur des bonnes gens: un petit brin
hableur; avec tout plein de Maîtreſſes
qu'il ne connoît pas: voilà mon homme.
Eſt-ce la peine d'en tirer le portrait? (à

(*Iphicrate*) Non, je n'en ferai rien, mon ami, ne crains rien.

TRIVELIN.

Cette ébauche me suffit. (*à Iphicrate.*) Vous n'avez plus maintenant qu'à certifier pour véritable ce qu'il vient de dire.

IPHICRATE.

Moi ?

TRIVELIN

Vous-même. La Dame de tantôt en a fait autant ; elle vous dira ce qui l'y a déterminée. Croyez-moi , il y va du plus grand bien que vous puissiez souhaiter.

IPHICRATE.

Du plus grand bien ? Si cela est, il y a là quelque chose qui pourroit assez me convenir d'une certaine façon.

ARLEQUIN.

Prens tout, c'est un habit fait sur ta taille.

TRIVELIN

Il me faut tout ou rien.

IPHICRATE.

Voulez-vous que je m'avoue un ridicule ?

ARLEQUIN.

Qu'importe , quand on l'a été !

TRIVELIN.

N'avez-vous que cela à me dire ?

IPHICRATE.

Va donc pour la moitié, pour me tirer d'affaire.

TRIVELIN.

Va du tout.

IPHICRATE.

Soit.

(*Arlequin rit de toute fa force.*)

TRIVELIN.

Vous avez fort bien fait ; vous n'y perdrez rien. Adieu, vous faurez bientôt de mes nouvelles.

SCENE

SCENE VI.

CLEANTHIS, IPHICRATE,
ARLEQUIN, EUPHROSINE.

CLEANTHIS.

SEigneur Iphicrate, peut-on vous demander de quoi vous riez?

ARLEQUIN.

Je ris de mon arlequin qui a confessé
qu'il étoit un ridicule.

CLEANTHIS.

Cela me surprend, car il a la mine
d'un homme raisonnable. Si vous voulez
voir une Coquette de son propre aveu,
regardez ma Suivante.

ARLEQUIN *la regardant.*

Malepeste, quand ce visage-là fait le
fripon, c'est bien son métier; mais parlons d'autres choses, ma belle Damoi-
selle : Qu'est ce que nous ferons à cette
heure que nous sommes gaillards ?

CLEANTHIS.

Eh ! mais la belle conversation.

Isle des Esclaves.   D

ARLEQUIN.

Je crains que cela ne vous fasse baailler, j'en baaille déja. Si je devenois amoureux de vous , cela amuseroit davantage.

CLEANTHIS.

Eh bien, faites. Soupirez pour moi , poursuivez mon cœur, prenez-le si vous pouvez, ie ne vous en empêche pas; c'est à vous à faire vos diligences, me voilà, je vous attens : mais traitons l'amour à la grande maniere , puisque nous sommes devenus Maîtres: allons y poliment , & comme le grand Monde.

ARLEQUIN.

Ouïdà , nous n'en irons que meilleur train.

CLEANTHIS.

Je suis d'avis d'une chose , que nous disions qu'on nous apporte des sièges pour prendre l'air assis , & pour écouter les discours galans que vous m'allez tenir; il faut bien jouir de notre état, en goûter le plaisir.

ARLEQUIN.

Votre volonté vaut une ordonnance. (à *Iphicrate*) Arlequin , vîte des sièges pour moi, & des fauteuils pour Madame.

IPHICRATE.

Peux-tu m'employer à cela ?

ARLEQUIN.

La République le veut.

CLEANTHIS.

Tenez. tenez, promenons-nous plutôt
de cette maniere là , & tout en conver-
fant vous ferez adroitement tomber l'en-
tretien fur le penchant que mes yeux
vous ont infpiré pour moi. Car encore
une fois nous fommes d'honnêtes gens à
cette heure; il faut fonger à cela , il n'eft
plus queftion de familiarité domeftique.
Allons , procédons noblement , n'épargnez ni complimens, ni révérences.

ARLEQUIN.

Et vous n'épargnez point les mines.
Courage , quand ce ne feroit que pour
nous moquer de nos Patrons. Garde-
rons-nous nos gens ?

CLEANTHIS.

Sans difficulté : pouvons nous être
fans eux , c'eft notre fuite; qu'ils s'éloignent feulement

ARLEQUIN à *Iphicrate*.

Qu'on fe retire à dix pas.

Iphicrate & Euphrofine s'éloignent en
faifant des geftes d'étonnement & de dou-
leur : Cléantis regarde aller Iphicrate, &
Arlequin Euphrofine.

D ij

ARLEQUIN *se promenant sur le Théatre*
avec Cléanthis.

Remarquez-vous, Madame la clarté
du jour.

CLEANTHIS.

Il fait le plus beau tems du monde,
on appelle cela un jour tendre.

ARLEQUIN.

Un jour tendre ! Je ressemble donc au
jour, Madame.

CLEANTHIS.

Comment, vous lui ressemblez?

ARLEQUIN.

Et palsembleu le moyen de n'être pas
tendre, quand on se trouve tête à tête
avec vos graces. (*à ce mot il saute de joie.*)
Oh, oh, oh, oh.

CLEANTHIS.

Qu'avez-vous donc, vous défigurez
notre conversation ?

ARLEQUIN.

Oh, ce n'est rien ! c'est que je m'ap-
plaudis.

CLEANTHIS.

Rayez ces applaudissemens, ils nous
dérangent. (*Continuant*) Je savois bien
que mes graces entreroient pour quelque
chose ici, Monsieur. Vous êtes galant,
vous vous promenez avec moi, vous me

dites des douceurs ; mais finissons , en voilà assez. Je vous dispense des complimens.

ARLEQUIN.

Et moi , je vous remercie de vos dispenses.

CLEANTHIS.

Vous m'allez dire que vous m'aimez , je le vois bien : Dites, Monsieur, dites, heureusement on n'en croira rien : vous êtes aimable , mais coquet , & vous ne persuaderez pas.

ARLEQUIN *l'arrêtant par le bras, &*
se mettant à genoux.

Faut-il m'agenouiller, Madame, pour vous convaincre de mes flammes , & de la sincérité de mes feux ?

CLEANTHIS.

Mais ceci devient sérieux : laissez-moi je ne veux point d'affaire ; levez-vous. Quelle vivacité ! Faut-il vous dire qu'on vous aime ? Ne peut-on en être quitte à moins ? Cela est étrange !

ARLEQUIN *riant à genoux.*

Ah, ah, ah, que cela va bien ! Nous sommes aussi bouffons que nos Patrons mais nous sommes plus sages.

CLEANTHIS.

Oh vous riez , vous gâtez tout.

ARLEQUIN.

Ah, ah , par ma foi vous êtes bien aimable , & moi auſſi. Savez-vous bien
ce que je penſe ?

CLEANTHIS.

Quoi ?

ARLEQUIN.

Premierement, Vous ne m'aimez pas,
ſinon par coquetterie , comme le grand
monde.

CLEANTHIS.

Pas encore; mais il ne s'en falloit plus
que d'un mot, quand vous m'avez inter-
rompue Et vous m'aimez-vous ?

ARLEQUIN.

J'y allois auſſi quand il m'eſt venu
une penſée. Comment trouvez-vous
mon Arlequin ?

CLEANTHIS.

Fort à mon gré. Mais que dites-vous
de ma Suivante ?

ARLEQUIN.

Qu'elle eſt friponne.

CLEANTHIS.

J'entrevois votre penſée.

ARLEQUIN.

Voilà ce que c'eſt, devenez amoureu-
ſe d'Arlequin , & moi de votre Suivante ; nous ſommes aſſez forts pour
ſoutenir cela.

CLEANTHIS.

Cette imagination-là me rit assez , ils ne sçauroient mieux faire que de nous aimer dans le fond.

ARLEQUIN.

Ils n'ont jamais rien aimé de si raisonnable , & nous sommes d'excellens partis pour eux.

CLEANTHIS.

Soit. Inspirez à Arlequin de s'attacher à moi, faites-lui sentir l'avantage qu'il y trouvera dans la situation où il est; qu'il m'épouse, il sortira tout d'un coup d'esclavage ; cela est bien aisé au bout du compte. Je n'étois ces jours passés qu'une esclave; mais enfin me voilà Dame & Maîtresse d'aussi bon jeu qu'une autre: je la suis par hasard; n'est ce pas le hasard qui fait tout ? Qu'y a-t-il à dire à cela ? j'ai même un visage de condition, tout le monde me l'a dit.

ARLEQUIN.

Pardi je vous prendrois bien , moi , si je n'aimois pas votre Suivante un petit brin plus que vous. Conseillez-lui aussi de l'amour pour ma petite personne , qui, comme vous voyez, n'est pas désagréable.

CLEANTHIS.

Vous allez être content; je vais appeller

Cléanthis, je n'ai qu'un mot à lui dire;
éloignez-vous un inftant, & revenez.
Vous parlerez enfuite à Arlequin pour
moi; car il faut qu'il commence: mon fexe,
la bienféance & ma dignité le veulent.

ARLEQUIN.

Oh, ils le veulent fi vous voulez; car
dans le grand monde, on n'eft pas fi façon-
nier; & fans faire femblant de rien, vous
pourriez lui jetter quelque petit mot
bien clair à l'aventure pour lui donner
courage, à caufe que vous êtes plus
que lui : c'eft l'ordre.

CLEANTHIS.

C'eft affez bien raifonner, Effectivement dans le cas où je fuis, il pourroit y
avoir de la petiteffe à m'affujettir à de
certaines formalités qui ne me regardent
plus; je comprens cela à merveille: mais
parlez-lui toûjours; je vais dire un mot
à Cléanthis; tirez vous à quartier pour
un moment.

ARLEQUIN.

Vantez mon mérite, prêtez-m'en un
peu à charge de revanche.

CLEANTHIS.

Laiffez-moi faire. (*Elle appelle Euphrofine*) Cléanthis.

SCENE

SCENE VII.

CLEANTHIS, & EUPHROSINE
qui vient doucement.

CLEANTHIS.

APprochez, & accoûtumez-vous à aller plus vîte, car je ne saurois attendre.

EUPHROSINE.

De quoi s'agit-il?

CLEANTHIS.

Venez çà, écoutez-moi : Un honnête homme vient de me témoigner qu'il vous aime ; c'est Iphicrate.

EUPHROSINE.

Lequel ?

CLEANTHIS.

Lequel ? Y en a t'il deux ici ? C'est celui qui vient de me quitter.

EUPHROSINE.

Eh, que veut-il que je fasse de son amour ?

CLEANTHIS.

Eh, qu'avez vous fait de l'amour de ceux qui vous aimoient? Vous voila bien

Isle des Esclaves. E

étourdie : eſt-ce le mot d'amour qui vous
effarouche? vous le connoiſſez tant, cet
amour : vous n'avez juſqu'ici regardé les
gens que pour leur en donner : vos beaux
yeux n'ont fait que cela, dédaignent-ils
la conquête du Seigneur Iphicrate! il ne
vous fera pas de révérences panchées, vous
ne lui trouverez point de contenance ridicule, d'air évaporé : ce n'eſt point une
tête légere, un petit badin, un petit per-
ſide, un joli volage, un aimable indiſcret :
ce n'eſt point tout cela : ces graces-là lui
manquent à la vérité : ce n'eſt qu'un homme franc, qu'un homme ſimple dans ſes
manieres, qui n'a pas l'eſprit de ſe donner des airs, qui vous dira qu'il vous aime ſeulement, parce que cela ſera vrai :
enfin ce n'eſt qu'un bon cœur, voilà tout,
& cela eſt fâcheux, cela ne pique point.
Mais vous avez l'eſprit raiſonnable, je
vous deſtine à lui, il fera votre fortune ici,
& vous aurez la bonté d'eſtimer ſon
amour, & vous y ſerez ſenſible, entendez-vous : vous vous conformerez à mes
intentions, je l'eſpere ; imaginez-vous
même que je le veux.

EUPHROSINE.
Où ſuis-je! & quand cela finira-t'il?
(*Elle réve.*)

SCENE VIII.

ARLEQUIN , EUPHROSINE.

ARLEQUIN *arrive en saluant Cléanthis*
qui sort. Il va tirer Euphrosine par la
manche.

EUPHROSINE.

QUe me voulez-vous ?

ARLEQUIN *riant.*

Eh , eh, eh, ne vous a t'on pas parlé
de moi ?

EUPHROSINE.

Laissez-moi , je vous prie.

ARLEQUIN.

Eh la la, regardez-moi dans l'œil pour
deviner ma pensée.

EUPHROSINE.

Eh, pensez ce qu'il vous plaira.

ARLEQUIN.

M'entendez vous un peu ?

EUPHROSINE.

Non.

ARLEQUIN.

C'est que je n'ai encore rien dit.

E ij

EUPHROSINE *impatiente.*

Ahi !

ARLEQUIN.

Ne mentez point, on vous a communiqué les sentimens de mon ame, rien n'est plus obligeant pour vous.

EUPHROSINE.

Quel état !

ARLEQUIN.

Vous me trouvez un peu nigaud, n'est-il pas vrai ? mais cela se passera ; c'est que je vous aime, & que je ne sai comment vous le dire.

EUPHROSINE.

Vous ?

ARLEQUIN.

Eh pardi ouï : qu'est-ce qu'on peut faire de mieux. Vous êtes si belle : il faut bien vous donner son cœur, aussi bien vous le prendriez de vous même.

EUPHROSINE.

Voici le comble de mon infortune.

ARLEQUIN *lui regardant les mains.*

Quelles mains ravissantes, les jolis petits doigts ; que je serois heureux avec cela, mon petit cœur en feroit bien son profit. Reine, je suis bien tendre, mais vous ne voyez rien : si vous aviez la charité d'être tendre aussi, oh! je deviendrois fou tout-à-fait.

EUPHROSINE.

Tu ne l'es déjà que trop.

ARLEQUIN.

Je ne le ferai jamais tant que vous en êtes digne.

EUPHROSINE.

Je ne fuis digne que de pitié, mon enfant.

ARLEQUIN.

Bon, bon, à qui eſt-ce que vous contez cela ? vous êtes digne de toutes les dignités imaginables : un Empereur ne vous vaut pas, ni moi non plus : mais me voilà, moi, & un Empereur n'y eſt pas : & un rien qu'on voit, vaut mieux que quelque choſe qu'on ne voit pas. Qu'en dites-vous ?

EUPHROSINE.

Arlequin, il me ſemble que tu n'as pas le cœur mauvais.

ARLEQUIN.

Oh, il ne s'en fait plus de cette pâte-là je ſuis un mouton.

EUPHROSINE.

Reſpecte donc le malheur que j'éprouve.

ARLEQUIN.

Hélas, je me mettrois à genoux devant lui.

EUPHROSINE.

Ne perſécute point une infortunée,
parce que tu peux la perſécuter impunément. Vois l'extrémité où je ſuis réduite:
& ſi tu n'as point d'égard au rang que je
tenois dans le monde, à ma naiſſance, à
mon éducation, du moins que mes diſ-
graces, que mon eſclavage, que ma douleur t'attendriſſe ; tu peux ici m'outrager
autant que tu le voudras : je ſuis ſans aſy-
le & ſans défenſe, je n'ai que mon déleſ-
poir pour tout ſecours, j'ai beſoin de
la compaſſion de tout le monde, de la
tienne même, Arlequin: voila l'état où je
ſuis, ne le trouves-tu pas aſſez miſérable,
tu es devenu libre & heureux, cela doit-
il te rendre méchant ? Je n'ai pas la force
de t'en dire davantage : je ne t'ai jamais
fait de mal, n'ajoûte rien à celui que je
ſouffre.

ARLEQUIN *abbatu, les bras abbaiſ-*
ſés, & comme immobile.

J'ai perdu la parole.

SCENE IX.

IPHICRATE, ARLEQUIN.

IPHICRATE.

CLeanthis m'a dit que tu voulois t'entretenir avec moi, que me veux-tu? as-tu encore quelques nouvelles infultes à me faire?

ARLEQUIN.

Autre perfonnage qui va me deman- der encore ma compaffion. Je n'ai rien à te dire, mon Ami, finon que je voulois te faire commandement d'aimer la nou- velle Euphrofine: voilà tout. A qui diantre en as tu?

IPHICRATE.

Peux-tu me le demander, Arlequin?

ARLEQUIN.

Eh pardi oui je le peux, puifque je le fais.

IPHICRATE.

On m'avoit promis que mon efclavage finiroit bientôt, mais on me trompe, & c'en eft fait, je fuccombe: je me meurs, Arlequin, & tu perdras bientôt ce mal-

E iiij

heureux Maître qui ne te croyoit pas capable des indignités qu'il a souffertes de toi.

ARLEQUIN.

Ah, il ne nous manquoit plus que cela, & nos amours auront bonne mine. Ecoute, je te défens de mourir par malice ; par maladie, passe, je te le permets.

IPHICRATE.

Les Dieux te puniront, Arlequin.

ARLEQUIN.

Eh, de quoi veux-tu qu'ils me punissent, d'avoir eû du mal toute ma vie ?

IPHICRATE.

De ton audace & de tes mépris envers ton Maître : rien ne m'a été si sensible, je l'avoue. Tu es né, tu as été élevé avec moi dans la maison de mon Pere, le tien y est encore ; il t'avoit recommandé ton devoir en partant ; moi même, je t'avois choisi par un sentiment d'amitié pour m'accompagner dans mon voyage : je croyois que tu m'aimois, & cela m'attachoit à toi.

ARLEQUIN.

Et qui est-ce qui te dit que je ne t'aime plus ?

IPHICRATE.

Tu m'aimes, & tu me fais mille injures.

ARLEQUIN.

Parce que je me moque un petit brin
de toi ; cela empêche-t'il que je ne t'aime? Tu difois bien que tu m'aimois, toi,
quand tu me faifois battre: eſt-ce que
les étrivieres ſont plus honnêtes que
les moqueries.

IPHICRATE.

Je conviens que j'ai pû quelquefois te
maltraiter ſans trop de ſujet.

ARLEQUIN.

C'eſt la vérité.

IPHICRATE.

Mais par combien de bontés ai-je ré-
paré cela ?

ARLEQUIN.

Cela n'eſt pas de ma connoiſſance.

IPHICRATE.

D'ailleurs, ne falloit-il pas te corriger
de tes défauts ?

ARLEQUIN.

J'ai plus pâti des tiens que des miens :
mes plus grands défauts, c'étoit ta mauvaiſe humeur, ton autorité, & le peu de
cas que tu faiſois de ton pauvre Eſclave.

IPHICRATE.

Va, tu n'es qu'un ingrat ; au lieu de
me ſecourir ici, de partager mon affliction, de montrer à tes Camarades l'é-

xemple d'un attachement qui les eût touchés, qui les eût engagés peut-être à renoncer à leur coûtume, ou à m'en affranchir, & qui m'eût pénétré moi-même de la plus vive reconnoissance.

ARLEQUIN.

Tu as raison, mon Ami, tu me remontres bien mon devoir ici pour toi, mais tu n'as jamais su le tien pour moi, quand nous étions dans Athênes. Tu veux que je partage ton affliction, & jamais tu n'as partagé la mienne. Eh bien va, je dois avoir le cœur meilleur que toi, car il y a plus long-tems que je souffre, & que je sai ce que c'est que de la peine: tu m'as battu par amitié, puisque tu le dis, je te le pardonne; je t'ai raillé par bonne humeur, prends le en bonne part, & fais-en ton profit. Je parlerai en ta faveur à mes Camarades, je les prierai de te renvoyer; & s'ils ne veulent pas, je te regarderai comme mon Ami; car je ne te ressemble pas, moi, je n'aurai point le courage d'être heureux à tes dépens.

IPHICRATE s'approchant d'Arlequin.

Mon cher Arlequin, fasse le Ciel, après ce que je viens d'entendre, que j'aie la joie de te montrer un jour les sentimens que tu me donnes pour toi ! Va, mon cher Enfant, oublie que tu fus mon Efclave, & je me reſſouviendrai toûjours que je ne méritois pas d'être ton Maître.

ARLEQUIN.

Ne dites donc point comme cela, mon cher Patron: ſi j'avois été votre pareil, je n'aurois peut-être pas mieux valu que vous: c'eſt à moi à vous demander pardon du mauvais ſervice que je vous ai toûjours rendu. Quand vous n'étiez pas raiſonnable, c'étoit ma faute.

IPHICRATE *l'embraſſant.*

Ta généroſité me couvre de confuſion.

ARLEQUIN.

Mon pauvre Patron, qu'il y a de plaiſir à bien faire !

(Après quoi il déshabille ſon Maître.)

IPHICRATE.

Que fais tu, mon cher Ami !

ARLEQUIN.

Rendez-moi mon habit & reprenez le vôtre, je ne ſuis pas digne de le porter.

IPHICRATE.

Je ne ſaurois retenir mes larmes: fais ce que tu voudras.

SCENE X.

CLEANTHIS , EUPHROSINE , IPHICRATE , ARLEQUIN,

CLEANTHIS *en entrant avec Euphrosine*
qui pleure.

LAiſſez-moi, je n'ai que faire de vous
entendre gémir. (*& plus près d'Arlequin*)
Qu'eſt ce que cela ſignifie , Seigneur
Iphicrate : pourquoi avez-vous repris
votre habit ?

ARLEQUIN.
C'eſt qu'il eſt trop petit pour mon
cher Ami, & que le ſien eſt trop grand
pour moi.
(*Il embraſſe les genoux de ſon Maître.*)

CLEANTHIS.
Expliquez-moi donc ce que je vois, il
ſemble que vous lui demandiez pardon.

ARLEQUIN.
C'eſt pour me châtier de mes inſolen-
ces.

CLEANTHIS.
Mais enfin , notre projet ?

ARLEQUIN.

Mais enfin, je veux être homme de
bien, n'est-ce pas là un beau projet? Je
me repens de mes sotifes, lui des siennes;
repentez-vous des vôtres, Madame Euphrofine fe repentira auffi:& vive l'hon-
neur après:cela fera quatre beaux repen-
tirs, qui nous feront pleurer tant que
nous voudrons.

EUPHROSINE.

Ah, ma chere Cleanthis, quel exemple pour vous?

IPHICRATE.

Dites plutôt quel exemple pour nous,
Madame, vous m'en voyez pénétrée.

CLEANTHIS.

Ah vraiment, nous y voilà, avec vos
beaux exemples : voilà de nos gens qui
nous méprifent dans le monde, qui font
les fiers, qui nous maltraitent, qui nous
regardent comme des vers de terre, &
puis qui font trop heureux dans l'occa-
fion de nous trouver cent fois plus honnêtes gens qu'eux. Fy, que cela eft vilain,
de n'avoir eû pour tout mérite, que de
l'or, de l'argent, & des dignités c'étoit
bien la peine de faire tant les glorieux;
où en feriez-vous aujourd'hui, fi nous
n'avions pas d'autre mérite que cela pour

vous ! Voyons, ne feriez-vous pas bien
attrapés ! Il s'agit de vous pardonner, &
pour avoir cette bonté-là, que faut il être
s'il vous plaît ; Riche, non ; Noble, non ;
Grand Seigneur, point du tout. Vous
étiez tout cela, en valiez vous mieux ? Et
que faut il donc ? Ah nous y voici. Il
faut avoir le cœur bon, de la vertu &
de la raison : voilà ce qu'il faut ; voilà
ce qui est estimable, ce qui distingue, ce
qui fait qu'un homme est plus qu'un autre. Entendez-vous, Messieurs, les honnêtes gens du monde ? Voilà avec quoi
l'on donne les beaux exemples que vous
demandez, & qui vous passent. Et à
qui les demandez vous ? A de pauvres
gens que vous avez toûjours offensés,
maltraités, accablés tout riches que vous
êtes, & qui ont aujourd'hui pitié de
vous, tout pauvres qu'ils font. Estimez
vous à cette heure, faites les superbes,
vous aurez bonne grace : allez, vous
devriez rougir de honte.

ARLEQUIN.

Allons, ma Mie, soyons bonnes gens
sans le reprocher faisons du bien sans dire d'injures ; ils sont contrits d'avoir été
méchans cela fait qu'il nous valent bien:
car quand on se repent, on est bon, &

quand on est bon , on est aussi avancé
que nous. Approchez, Madame, Euphrosine ; elle vous pardonne. Voici
qu'elle pleure , la rancune s'en va , &
votre affaire est faite.

CLÉANTHIS.

Il est vrai que je pleure , ce n'est pas
le bon cœur qui me manque.

EUPHROSINE *tristement*.

Ma chere Cléanthis , j'ai abusé de l'autorité que j'avois sur toi, je l'avoue.

CLÉANTHIS.

Hélas! comment en aviez vous le
courage ? Mais voilà qui est fait, je veux
bien oublier tout, faites comme vous
voudrez; si vous m'avez fait souffrir ,
tant pis pour vous, je ne veux pas avoir
à me reprocher la même chose, je vous
rends la liberté ; & s'il y avoit un vaisseau , je partirois tout-à-l'heure avec
vous : voilà tout le mal que je vous
veux : si vous m'en faites encore, ce ne
sera pas ma faute.

ARLEQUIN.

Ah la brave Fille ! ah le charitable
naturel !

IPHICRATE.

Etes-vous contente, Madame !

EUPHROSINE.

Viens, que je t'embraſſe, ma chere Cléanthis.

ARLEQUIN.

Mettez-vous à genoux pour être encore meilleure qu'elle.

EUPHROSINE.

La reconnoiſſance me laiſſe à peine la force de te répondre. Ne parle plus de ton Eſclavage, & ne ſonge plus déſormais qu'à partager avec moi tous les biens que les Dieux m'ont donné, ſi nous retournons à Athênes.

SCENE DERNIERE.

TRIVELIN.

& les acteurs précédens.

TRIVELIN.

QUe vois-je, vous pleurez, mes Enfans, vous vous embraſſez?

ARLEQUIN.

Ah, vous ne voyez rien, nous ſommes admirables; nous ſommes des Rois & des Reines: enfin finale, la paix eſt conclue; la vertu a arrangé tout cela;

il

il ne nous faut plus qu'un Bateau & un
Batelier pour nous en aller: & si vous
nous les donnez, vous serez presque
aussi honnêtes gens que nous.

TRIVELIN.

Et vous, Cléanthis, êtes-vous du
même sentiment?

CLEANTHIS. *baisant les mains de*
sa Maîtresse.

Je n'ai que faire de vous en dire davantage, vous voyez ce qu'il en est.
ARLEQUIN *baisant la main de son maître.*

Voilà aussi mon dernier mot, qui vaut
bien des paroles.

TRIVELIN.

Vous me charmez; embrassez-moi
aussi mes chers Enfans, c'est-là ce que
j'attendois. Si cela n'étoit pas arrivé,
nous aurions puni vos vengeances comme nous avons puni leurs duretés. Et
vous, Iphicrate, vous Euphrosine, je
vous vois attendris, je n'ai rien à ajoû-
ter aux leçons que vous donne cette a-
venture; vous avez été leurs Maîtres, &
vous en avez mal agi: ils sont devenus
les vôtres, & ils vous pardonnent; faites vos réflexions là-dessus. La différence
des conditions n'est qu'une épreuve que
les Dieux font sur nous: Je ne vous en

dis pas davantage. Vous partirez dans
deux jours , & vous reverrez Athênes.
Que la joie à préfent, & que les plai-
firs fuccedent aux chagrins que vous
avez fenti, & célebrent le jour de votre
vie le plus profitable.

FIN.

✲✲✲✲✲✲✲✲✲✲✲✲✲✲✲✲✲✲✲✲✲✲✲

APPROBATION.

J'Ai lu par ordre de Monfeigneur le
Garde des Sceaux, l'*Ifle des Efclaves,
Comédie* , dont j'ai cru que la lecture
foûtiendroit l'idée qu'en a donnée la re-
préfentation. Fait à Paris ce 28 Mars 1725.

HOUDARD DE LA MOTTE.

APPROBATION

J'Ai lu par ordre de Monfeigneur le
Garde des Sceaux, *le nouveau Théatre
Italien* , j'ai examiné en particulier les dif-
férentes Pieces qui le compofent, & je
n'y ai rien trouvé qui puiffe en empêcher
l'impreffion. Fait à Paris ce 3 Novem-
bre 1728.   DANCHET.

www.ingramcontent.com/pod-product-compliance
Lightning Source LLC
Chambersburg PA
CBHW060806180626
46818CB00002B/718